Les Crétins Punis

Évelyne Reberg habite en Côte-d'Or. Professeur de lettres, puis bibliothécaire, elle est auteur de nombreuses histoires pour enfants.

Du même auteur dans Bayard Poche :
La vieille dame et le fantôme - C'est la vie, Julie ! - P'tit Jean et la sorcière - Le château hanté - La bibliothèque ensorcelée - L'auto fantôme - Bouboul Maboul - Le sifflet du diable - L'arbre aux secrets - Ma mémé sorcière - Mon copain vampire - Hurlenfer (J'aime lire)

Serge Bloch est né en 1956 à Colmar. Actuellement il est directeur artistique à Bayard. Quand il lui reste du temps, il fait des illustrations pour les petits et les plus grands ; il adore aussi faire des dessins humoristiques.

Du même illustrateur dans Bayard Poche :
Mon copain bizarre - Le professeur Cerise - L'atroce monsieur Terroce - Tempête à la maison (J'aime lire)

Quatrième édition

Dépôt légal : septembre 2003
Loi du 16 juillet 1949 sur les publications destinées à la jeunesse.

Les Crétins Punis

Une histoire écrite par Évelyne Reberg
illustrée par Serge Bloch

mes premiers j'aime lire
BAYARD POCHE

Chapitre 1

C'est le premier jour d'école. Léo entre au CP.

Cette nuit, il a rêvé qu'il allait à l'école en slip et que tout le monde se moquait de lui.

Au petit déjeuner, Emma, la grande sœur de Léo, lui dit :

– Le C et le P de CP tu sais ce que ça veut dire ?

– Ça veut dire Cours Préparatoire, dit Léo.

– Non, pas du tout. C'est la classe des Crétins Punis.

Léo s'étrangle en avalant son chocolat. Il demande :

– On punit les enfants ?

– Bien sûr, dans les classes de CP, il y a les maîtres et les maîtresses les plus féroces. Ce sont d'anciens bandits sortis de prison. Certains ont des matraques. Ils ont pour mission de punir les enfants à la moindre faute pour bien les dompter, comme des bêtes féroces, dès la première année.

– Pff, tu parles ! dit Léo.

Emma est une menteuse. Elle adore les mensonges horribles.

Léo a déjà mis son gros cartable sur son dos. Emma lui murmure à l'oreille :

– Tu es armé, au moins ? À la récréation, les grands torturent les Crétins Punis.

– Mon œil ! fait Léo.

N'empêche, Léo va fouiller dans sa chambre. Il met dans ses poches un couteau en plastique, une fourchette et son revolver à eau.

C'est plus prudent.

Chapitre 2

Ça y est. Léo est à la grande école.

Dans la cour, il y a plein de Crétins Punis. Léo les repère facilement : ils sont petits et ils ont la frousse.

Heureusement, Léo retrouve son copain Louis, sa copine Julie et son copain Nico.

Ils ont un drôle d'air.

Julie est jaune comme de la purée, Nico est rouge comme un haricot rouge, et Louis est maigre comme un ver de terre, tellement il serre les épaules. Il gémit :

– On a un maître ou une maîtresse ?

– Je ne sais pas, dit Léo, d'une voix qui tremblote.

Tout à coup, une dame surgit. Elle crie :

– Entrez, votre maître va arriver !

Les enfants entrent dans la classe et restent debout, tout raides.

La dame dit d'une voix inquiète :

– Votre maître, monsieur Logre, devrait être là... Je me demande où il se cache.

Elle regarde vers la porte comme si un grand danger les menaçait tous. Les enfants regardent aussi.

La dame ajoute :

– Installez-vous. Ouvrez vos cartables.

Léo fait tomber sa règle, il la ramasse, mais son couteau, sa fourchette et son revolver roulent dans l'allée. Il pense au nom du maître, monsieur Logre ! C'est affreux. Léo a envie de faire pipi. Il lève le doigt :

– Je peux aller aux cabinets ?

– Oui, c'est au fond du couloir, dit la dame.

Chapitre 3

Ouf ! Léo s'est échappé de la classe.

Il court dans le couloir bordé de portes. Il a l'impression que derrière chaque porte il y a un piège. Eh oui ! Juste au moment où il trouve les cabinets, il sursaute.

Des coups terribles se font entendre. Ça

cogne derrière une porte, à côté des cabinets. Léo recule, en marchant comme un crabe et en regardant devant et derrière à la fois.

Il entend : « Boum ! Boum ! Boum ! »

Léo s'arrête. Il cesse de respirer.

Derrière la porte, une voix d'ogre rugit :

– Ouvrez ! Ouvrez !

La voix d'ogre hurle plus fort encore :

– Il y a quelqu'un ? Ouvrez-moi cette maudite porte, nom de nom !

Léo est affolé. Mais quand on entend une voix pareille, on ne peut qu'obéir, même si on doit libérer un monstre à sept langues et au nez poilu…

Léo avance sa main tremblante, il tourne la clé. L'ogre bondit hors du placard. Il est grand comme un ogre, il est gros comme un ogre, il a une barbe d'ogre mais… mais il a les yeux tout ronds, comme un Mickey.

L'ogre dit en regardant Léo :

– Tu es en CP ?

– Non... euh... oui, dit Léo.

– Alors, je suis ton maître. C'est moi, monsieur Logre.

– Oh ! fait Léo.

Sa bouche reste ouverte, comme un « o ».

Bientôt, Léo revient dans la classe, très fier, à côté du maître immense qui le tient par l'épaule.

Monsieur Logre explique :

– Je cherchais un livre au fond du placard. Quelqu'un a fermé la porte à clé, sans me voir, et j'ai été emprisonné. Un grand bravo à Léo qui m'a délivré... Tiens, Léo, tu lèves le doigt. Très bien. Tu veux déjà apprendre ?

– Non, dit Léo, je veux juste retourner aux cabinets. Je n'ai pas eu le temps de faire pipi...

Et tout le monde rit.

Léo est très fier de sa matinée. À la maison, il raconte son exploit à toute la famille. Il dit à Emma :

– Tu sais ce que ça veut dire, CM ? Je t'avertis : ça ne veut pas dire Cours Moyen.

– Les CM, ce sont les Croque-Mioches, dit Emma en roulant des yeux terribles.

– Pas du tout, dit Léo, ce sont les Crâneurs Menteurs. Et toc !

Achevé d'imprimer en juillet 2003 par Oberthur Graphique
35 000 RENNES – N° Impression : 5143
Imprimé en France